AS HORAS PODRES

Jerônimo Teixeira

AS HORAS PODRES

BERTRAND BRASIL

Capa: Raul Fernandes
Foto de capa: José Luiz Pederneiras

Editoração: DFL

2007
Impresso no Brasil
Printed in Brazil

CIP-Brasil. Catalogação na fonte
Sindicato Nacional dos Editores de Livros, RJ

T264h Teixeira, Jerônimo, 1968-
As horas podres/Jerônimo Teixeira. – Rio de Janeiro: Bertrand Brasil, 2007.
120p.

ISBN 978-85-286-1276-9

1. Romance brasileiro. I. Título.

07-2786 CDD – 869.93
CDU – 821.134.3 (81)-3

EDITORA BERTRAND BRASIL LTDA.
Rua Argentina, 171 — 1º andar — São Cristóvão
20921-380 — Rio de Janeiro — RJ
Tel.: (0xx21) 2585-2070 — Fax: (0xx21) 2585-2087

Para Tisian, Pita, Viana e Caio,
que estiveram lá.

I´m not the only one who´s happy to go blind
U2, *Staring at the Sun*

I

– POSSO COMEÇAR?

– Começar o quê?

– A minha história. Queria que o senhor me ouvisse.

– Conheço bem a história. Estive lá. Reconheci os corpos.

– O senhor não conhece a *minha* história.

– Vai negar? Vai dizer que não matou?

– Não.

– Então conheço a história.

– Mas pra me defender...

– Já te disse: não posso, não vou ser teu advogado. Estou envolvido.

– Envolvido? Envolvido como, com quem?

– Ele era meu irmão, porra!

– Ele era meu pai.

OS CAMPOS de Uruguaiana (não os conheço, nunca estive lá) mesmo a esta hora ainda guardam uma clareza que não vem da lua – pois aqui há nuvens, e também lá, suponho: é a clareza do campo aberto, onde não há o que ou onde se esconder, apenas uma obscuridade uniforme e chapada como a própria luz, lá longe aquele horizonte inabarcável que aprisionava Dyonelio Machado, e, entre nós e o horizonte, formas vagas, pontos mais escuros destacando-se da indistinção de tudo, uma árvore, um moirão carcomido, cercas farpadas, um cupinzeiro descomunal, uma pequena colina, e bois, bois, bois. Será uma noite fresca – sei que é janeiro, mas a quero assim, fresca –, um frescor que carrega para os pulmões e para a alma o cheiro imemorial do pampa. A ruminação incessante. Restos de rês carneada e mate. Decomposições vegetais. E o odor épico da bosta de vaca.

O couro é matéria desmemoriada: não há resquício do pampa no fedor de curtume que empesta Estância Velha.

– O SENHOR tem raiva de mim?

– Tu é muito filho-da-puta de me perguntar isso.

– Não fala da minha mãe. O senhor não pode dizer isso aqui dela.

– Eu não disse nada da tua mãe. Não ainda.

– Me chamou de filho-da-puta.

– Força de expressão.

– O senhor está com raiva.

– O problema é que essa tua geração é muito burra. Tem essa... essa pobreza vocabular. Vocês são uns merdas.

– O senhor só fala palavrão, o tempo todo. Depois eu é que não tenho vocabulário.

– Está me agredindo, é? Veio aqui, na minha casa, pra me insultar?

– É a casa da família.

– Não é mais tua.

– É o senhor que está me agredindo.

– Posso te tratar diferente?

– Viu? O senhor tem raiva de mim.

– Olha, tu vem aqui, depois de... depois de ontem, e vem me falar em raiva... Não é a palavra. A palavra é fraca.

– Que palavra, então?

– Não tem palavras.

A PODRIDÃO é democrática. O fedor entranha tudo. Recebe quem vem dos lados de Novo Hamburgo e, com mais intensidade, quem desce o morro vindo de Ivoti. O fedor que enjoa o estômago na hora de engolir a hóstia também alcança o bonito promontório da igreja protestante (o cemitério fica ao lado, falarei dele depois). Durante o sexo, o fedor é mais forte que os cheiros de suor e secreção e esperma. Nos dias de kerb, o fedor associa-se naturalmente ao amargo sabor de repolho da cerveja nacional. E rodopia no Clube União ao som da bandinha.

O fedor: democracia. Sua qualidade única, algo entre o ovo estragado e a carniça, é a mesma para todos. Não é filtrável pelo ar condicionado. Não pode ser disperso por sprays desodorantes. Imune ao poder econômico, porque é o poder econômico. O fedor não pode parar.

O fedor asfixia igualmente, igualitariamente, o sono do patrão e do operário. Uma só diferença: mesmo que nunca tenha sabido da associação freudiana entre fezes e ouro, um Bender ou Schuck ou qualquer dono de Estância Velha sonhará que aquele é o cheiro do dinheiro.

– SE O SENHOR me defender, eu me entrego. Amanhã mesmo.

– Tu não entende nada do que eu digo? Não posso te defender. Não é nem ético...

– É contra a lei?

– ... e mesmo que eu pudesse, que eu quisesse te defender, o teu caso não é da minha competência. Eu trato de causas cíveis. Se é que tu sabe o que é isso.

– Sei, sim. Vou fazer vestibular pra Direito.

– Vai mesmo? Na prisão?

– Não vou pra prisão nenhuma.

– Ah, não? Eu conversei com a polícia. Eles têm a arma com as tuas impressões. E já interrogaram o vizinho do lado. Ele ouviu os tiros, correu pra janela, te viu sair em seguida. Vai te identificar.

– Ninguém me viu atirar.

– Ninguém?

– Ninguém.

– E tua mãe?

– Ela não conta.

– Não deve contar mesmo. Tu abandonou ela.

– Não abandonei ninguém. O que eu fiz, foi por ela. Só por ela.

– Deixou ela sozinha.

– Foi só hoje. Eu vou cuidar dela.

– Da prisão?

– Se o senhor me defender...

– Não posso, já disse.

– Eu não tenho outro advogado.

– Até ontem, eu podia te indicar o meu irmão.

– O senhor não está me levando a sério.

– Claro que não. Se te levasse a sério, ia ter que te matar também.

TURNO DA noite. Em Estância Velha, o fundo uniforme do silêncio é o barulho dos curtumes, os fulões que giram cheios de couro e água fervente e um composto verde de sais de cromo.

Lembro outra noite. Não esta noite abafada e fedorenta: uma noite de inverno. Sentados na pracinha em frente à igreja católica, conversávamos e cuspíamos no chão e nos aquecíamos trocando socos, expressão de virilidade e tolice. Caiu a cerração, e não sabíamos que era assim que caía, repentina, espessa, abrangente, chuva imune à gravidade. O frio tornou-se intolerável. Voltamos, cada um para sua casa. Nada pensei ou notei de especial naquela noite, mas a memória hoje quer me convencer de que Estância Velha, sob a neblina e no silêncio industrial, era bela.

Deve ser porque não podíamos ver a cidade.

– ESTÁ FICANDO escuro.
– Deixa assim.
– Não consigo ver o senhor.
– Nem eu te ver. E daí?
– Posso acender a luz?
– Pra que luz?
– Não gosto do escuro.
– Deixa assim.
– Por quê?
– Se a luz fica acesa, quem passa lá fora vai te ver.
– Dá pra baixar a persiana e acender a luz.
– Não. Eu quero assim.
– Por quê?
– Não quero saber da tua cara.
– Eu posso ir embora.
– Não, não pode. Tu tem que contar a tua história.

(É AQUI, logo no início, que caberia informar dados genéricos, população, área, geografia, atividades econômicas, para que se esclareça que Estância Velha não é ficção, que fica logo depois de Novo Hamburgo, e que os curtumes estão lá, e o cemitério – já vou falar dele – e a praça e o bar Pentágono – não, este não está mais lá – e o Clube União e o fedor, o fedor. Mas é tarde, e para todos os lados não há onde a mão possa alcançar esses dados, a casa guarda só fotos e tapetes bordados à mão e a coleção dos clássicos Jackson que nunca li e a TV p&b e aquele móvel de proporções obsoletas que conjuga rádio e eletrola e pó, um pó que, como todos esses objetos, é anterior a mim. Nenhum guia de municípios, e não compensa especular ou puxar dados vagos da memória – vinte e cinco, trinta mil habitantes? –, pois o fato é que nada sei, nada quero saber de Estância Velha. Meu relato é fundamentado na imprecisão desta ignorância e na acurácia deste desprezo.)

– O SENHOR vai me ouvir?

– Não foi isso que eu quis dizer.

– Então o quê?

– Estava tentando ver as coisas do teu ponto de vista. Tu não vai ir embora, nem que eu te escorrace daqui. Tu tem que me contar a merda dessa tua história. Só eu tenho alternativa.

– Alternativa?

– Chamar a polícia. Ou te dar um tiro na cara, como tu fez com teu pai. Aí, acaba a história.

– Não foi na cara.

– Força de expressão.

– Naquela posição, não dava pra ser na cara.

– Pára com isso. Tu é muito inocente pro sarcasmo.

– Inocente, eu? Isso foi... como é que o senhor diz? "Força de expressão"?

– Não, desta vez não. Se eu contar uma coisa ou duas, tu vai ver como foi inocente. Mas, claro, pra fins legais, na hora do tribunal, não vai adiantar nada.

– Não entendi.

– Nem pode. Tu não chega nem a entender o que tu fez ontem.

– Eu sei bem o que fiz. Eu entrei em casa, vi luz no quarto...

– Cala a boca. Tu não vai contar a tua história ainda.

– Não é a única alternativa?

– Tem outra. *Eu* vou te contar a *tua* história.

NÃO TÍNHAMOS, ao contrário de Augusto dos Anjos, catedrais em nosso coração: nosso vandalismo era prosaico e preciso, a pedra, o poste, a lâmpada, a parábola ascendente perfeita, o barulho estimulante dos cacos chovendo sobre a rua, e a correria desabalada, nos viram desta vez, merda, nos viram. Não nos pegaram, nunca pegavam, e fazíamos de novo e não sabíamos por quê, mas era divertido quando não havia mais nada para balançar o tédio ou quando o cheiro forte nos açulava como feras, a raiva de perder a adolescência, a raiva de Estância Velha, a raiva burra, e não era nada, sei bem que nunca dissemos nada, não queríamos dizer nada, mas hoje eu vou fazer disso metáfora, porque o dever do escritor é este: instaurar a escuridão, a escuridão de onde viemos – becos de ratos, recessos sob pontes e viadutos, lençóis polutos, mesas de fundo na fumaça do bar, armários da infância, porões na casa da avó morta, umidade dos matos, cavernas do pensamento e musgos do útero, bueiros e bocetas –, a escuridão que somos – ladrões do fogo, homens de areia, bocas de inferno e cárie, cirurgiões de mão trêmula, torturadores compulsivos, bêbados infecciosos, judeus errantes, evangelistas da mediocridade, legisladores em causa própria, estupradores e plagiários.

O mundo vive sob a brutalidade do sol. O dever do escritor é apagar lâmpadas.

– NÃO ESTOU entendendo o senhor.

– Vamos começar de novo. Pra que, afinal, tu quer me contar a tua história?

– Pro senhor me defender.

– Não vou te defender.

– O senhor ainda pode me ajudar.

– E vou te ajudar por quê?

– Sou teu sobrinho.

– Será que tu não percebe como esse argumento é cínico?

– Eu não tenho mais ninguém.

– Oh, o pobre órfão desamparado!

– Não debocha.

– Ainda tem tua mãe. Por que ela não te ajuda?

– Ela não pode me ajudar. O senhor sabe.

– Ninguém pode te ajudar, guri.

– Então vou embora.

– Fica aí.

– Por quê? Se o senhor não vai me ajudar, se ninguém pode me ajudar.

– Bom, pra começar, porque tu vai tropeçar nos móveis se sair no escuro.

– Não estou entendendo o senhor.

METÁFORA NENHUMA. Nem então, nem agora. Com quem estou falando, quem estou enganando? Hoje, no cemitério, tanta gente, tantas caras falsamente compungidas. Jamais os enganei.

Constatação constrangedora, ridícula na minha idade: eu os queria. As menções no jornal, as polêmicas, o livro, foram sempre para eles, para esfregar nas suas caras obtusas o meu sucesso.

Não houve sucesso, e eles não saberiam se houvesse. Comecei, sim, e bem. Literatura era fácil. Frases longas, pontuação tortuosa, aposto do aposto e subordinadas dentro de subordinadas dentro de subordinadas, uma ou outra aliteração – qualquer coisa rapidamente mimetizável depois da leitura de uma página de Cortázar bastava ao meu "estilo". Citações, muitas e variadas, mas nada que exigisse pesquisa: era preciso que outros empulhadores notassem, que pudessem me piscar o olho e dizer "aquela frase é Roberto Arlt", e eu confirmaria com uma cumplicidade canalha, que bom, ficaria subentendido, encontrar uma inteligência irmã na leitura (e na hipocrisia). Era um círculo de pequenas bestas, para as quais a mais bela flor era a vaidade regada pela adulação.

O retorno deveria ser o triunfo. Não a banda de música (seria mesmo inapropriada para a ocasião), mas o olhar de respeito, o olhar embasbacado de respeito, eu o queria, sim, do fundo raso da minha alma, eu o desejava. Mas não. Uma comerciária solteirona e compassiva (inspiração impalpável das minhas punhetas na adolescência) veio perguntar se ainda moro em Porto Alegre. O padre quis saber minha profissão. O tipo seboso da funerária examinou meu cheque com desconfiança. As pessoas sem saber se diziam "meus pêsames" ou "há quanto tempo". Não lêem. Não me leram.

Estava de volta para cobrir com um pouco do pó da vila o lustro cosmopolita de meus sapatos, mas descubro que o couro foi curtido aqui. Não obtive paz ou sabedoria da descoberta, mas rancor, um rancor extemporâneo, imaturo. Sentimento impróprio para as circunstâncias, que a custo disfarcei sob uma máscara de crocodilo triste.

O vício da citação me lembrou Camus. Mas não sou estrangeiro.

Chega de citações. Para tanto, teria de ser escritor, e eu não sou.

– O SENHOR É esquisito.

– Esquisito?

– É, esquisito.

– Isso é o teu pai falando. Porque eu nunca casei, não é?

– Meu pai não fala mais.

– Tu vem aqui me pedindo ajuda, e agora fica afetando esse orgulho besta, essa pose de machão, "meu pai não fala mais, dei um jeito nele".

– Não tem orgulho nenhum.

– Tem o quê, então?

– Como assim?

– Como é que tu te sente? Sobre ontem, quero dizer.

– Ontem?

– Ah, meu Deus! Tu matou teu pai ontem à noite, não matou?

– Matei.

– E a enfermeira, matou a enfermeira também, não foi?

– Aquela mulher não era enfermeira.

– Não quero julgamento moral. Quero saber do fato: matou ou não matou?

– Matei.

– E não está orgulhoso. Acabou de dizer que não tem orgulho nenhum. Bom, está o quê, então? Envergonhado, arrependido?

– Não me arrependo de nada.

– Sim, muito bem. E o que mais?

– Não tem mais nada. Não estou orgulhoso, mas também não tenho vergonha do que fiz. Só isso.

– Só isso não me basta. Não é orgulho, não é vergonha – é o quê, então?

– Nada. Já disse: não é nada.

– Eu é que não compro essa. Veio aqui por quê, se não tem nada para me dizer?

– Eu já expliquei: queria que o senhor me defendesse. No julgamento.

– Não vou fazer isso.

– Tudo bem, já entendi. Posso ir agora?

– Não.

– Como é que é?

– Tu vai ficar aí e conversar comigo. Tu precisa saber por que matou.

– Psicologia de almanaque.

– Eu sou advogado de causas cíveis em Estância Velha. É o equivalente jurídico do psicólogo de almanaque.

– O senhor é esquisito.

NÃO ACREDITO que ela teria o desprendimento de dar minha bicicleta. Caloi azul-metálica, câmbio de dez marchas. Deve tê-la vendido. Os brinquedos restantes, suponho, foram para os pobres. Deixei poucas roupas, que decerto tiveram o mesmo destino caridoso. Manuscritos, datiloscritos, cadernos, esboços, notas prescindiram dos miseráveis. Toda a papelada ao lixo, sem dúvida, pois não sobrou nenhuma imitação precoce e precária de Drummond esquecida no fundo das gavetas.

Nada nesta casa é meu. Móveis, livros, quadros, tudo aqui é anterior a mim. A casa me esqueceu (metáfora é fuga: não convém enunciar quem de fato me esqueceu). Estou aqui envolvido por um passado opressivo e bolorento, que não é meu.

(Retiro os adjetivos. Não é meu, portanto, não pode *oprimir*. E nenhum bolor, apenas pó.)

A cidade também me esqueceu. Poderia guardar aquela adolescência da qual eu mesmo não consigo recompor uma só frase, só correrias, risadas, bebedeiras, punhetas, umas poucas e canhestras trepadas? Nada fizemos que pudesse mudar a qualidade do ar, que pudesse neutralizar a acidez do cheiro.

Andei pela cidade hoje e não me achei (não estive no cemitério protestante). A praça estava lá, e o lugar onde sempre parávamos as bicicletas para conversar e insultar os passantes. Então me virei para a esquina, e o Pentágono era outro.

Quando o concluíram, afinal? Pensei simploriamente na virada do século, do milênio, como se o calendário tivesse o poder de mudar a fisionomia da cidade e de roldão me apagar de sua memória. O Pentágono do século passado, bar-restaurante de todos os paus-d'água da cidade, ficava sob um prédio inacabado de cinco andares cuja desastrada arquitetura arremedava a sede das forças armadas americanas, daí o nome. O prédio ainda está lá, mas tudo mudou: hoje, tem sacadinhas floridas e uma pintura bege anódina; no térreo, no lugar onde antes o balcão do boteco convidava à cerveja e à cachaça (para onde se mudaram os bebuns?), está a entrada de uma galeria, conduzindo a um comércio miúdo, butiques, lojas de eletrodomésticos, uma farmácia, uma locadora de vídeo. Paródia opaca do shopping center que essa cidade nunca terá.

Tudo ali é posterior a mim. O prédio que lembro tinha a aparência de um destroço bombardeado, esqueleto pétreo cujo único sinal de vida era o luminoso do bar, no térreo. Parece que foi um inventário inconcluso, complicado, que paralisou a construção quando só as paredes estavam levantadas. E por anos, todos os anos turvos da minha infância e adolescência, aquele edifício se erguia ali, desabitado e cavernoso, no centro de Estância Velha, o concreto nu com largas manchas escuras onde se infiltrava a umidade; as janelas sem vidros, olhos vazados.

– E O SENHOR, sente o quê?

– Eu? Eu não matei ninguém.

– O senhor disse que não tem raiva de mim. Tem o quê?

– Não foi isso o que eu disse. Disse que raiva não era a palavra.

– É a mesma coisa comigo: não tenho orgulho, não tenho vergonha. Não tem palavra.

– Não. É diferente. Tu não sabe a palavra.

– Não entendo o senhor.

– Tu é muito repetitivo, guri.

– E o senhor é esquisito.

– Eu? Vai perguntar em qualquer boteco da cidade. Pode ir agora mesmo falar com os bebuns do Pentágono, e vamos ver quem eles acham esquisito.

– Vão falar de mim por quê? Não fiz nada demais. Por aqui já andaram até roubando olho.

– Por hoje, eles vão esquecer o cego. Pode ter certeza.

– Não me importo com o que eles dizem.

– Eu acho que se importa, sim.

– O senhor não me conhece.

– É verdade. Não te conheço. Nunca ia imaginar que depois de ontem tu ia aparecer aqui. Me pedir ajuda...

– Pra quem eu ia pedir ajuda?

– Qualquer um, menos eu. Ele era meu irmão.

– Ele era meu pai.

POR QUE o sentimento de que está aqui a raiz de toda esterilidade e idiotia, o início predestinado da vidinha besta, funcionário-público-divorciado-sem-filhos, o fracasso inato da minha "obra"? Tão clichê, vir aqui enterrar o passado (metáfora é fuga) e me encontrar nesta madrugada quente e fedorenta calculando o saldo negativo de minha existência de negativas. Não tive filhos, não transmiti a nenhuma criatura etc. Até a citação é clichê! Só que não estou no fim da vida (nem muito menos após a vida): quatro anos ainda até entrar na casa dos quarenta, mais uns vinte ou trinta adiante, e esta perspectiva sequer é desagradável (quem dirá que a vida de Brás Cubas não foi *agradável*?). Vou beber com os amigos, tomar sol e caipirinha em Florianópolis, assistir às matanças do Tarantino e aos dramalhões do Almodóvar, juntar dinheiro para quem sabe um dia fazer aquela viagem à Andaluzia (nada mais triste do que ser cego em Granada). Ler e reler. Agora mesmo me ocorre que preciso retornar ao velho Machado. Brás Cubas terá muito a ensinar ao meu cinismo estudado. Pode até ajudar a comer alguém, não sendo uma perua iletrada.

– O SENHOR gostava dele?

– Do teu pai?

– Do teu irmão.

– Fomos colegas. Nos dávamos bem.

– Gostava dele?

– Com que direito tu me pergunta isso?

– O senhor disse que queria me matar. Devia gostar dele.

– Disse que ia te matar, se te levasse a sério. Não posso te levar a sério.

– Eu matei duas pessoas.

– Eu sei. Eu vi os corpos.

– Não foi sério?

– Tu não entende.

– O quê?

– O que tu fez. Tu não percebe o alcance do teu crime.

– O senhor está me enrolando. Eu vou embora.

– Não vai, não. Eu tenho que te contar algumas histórias primeiro.

– Nada que eu não saiba, aposto.

– A auto-suficiência da ignorância. Típica da tua geração.

– Como se a geração do senhor fosse grande bosta.

– Pelo menos, a gente tinha um senso agudo de ser exatamente isso: uma geração. Era um sentimento quase... quase épico. Uma missão. Não foram fáceis aqueles anos. Era ditadura. Tinha gente de arma em punho, assaltando banco, seqüestrando embaixador, se embrenhando no

Araguaia pra fazer a revolução. Morreu muita gente boa nisso.

– O senhor não fez nada disso. Muito menos o pai.

– É. Ficamos em Estância Velha, montando o escritório. Sabe o que é engraçado?

– O quê?

– Nós dois fomos maioria.

O CINISMO é outra pose literária, pobre e gasta como todas, e seu esgotamento fica ainda mais patético e patente nessas noites em que você está voltando de uma festa malograda, quando a impaciência de seguir os ritos convencionais, de bater ponto em todas as meias-palavras e insinuações de praxe sabendo desde sempre que ela e você estão a fim, quando essa impaciência meio ébria apressa as palavras e precipita a gafe, e você volta tonto e sozinho e erra duas vezes a chave na fechadura enquanto lá dentro o telefone toca com um jeito de que não é a primeira vez nesta madrugada, e a voz do outro lado tem o poder de recordar um rosto mas não um nome, e o constrangimento é maior do que o choque da notícia, sim, obrigado, dona... – Elza? Helena? –, vou agora mesmo.

(E a primeira imagem que me invadiu a mente foi o cemitério, não o cemitério católico para onde os protocolos do sangue me chamavam, ermo e malcuidado sobre um morro de onde se avista a cidade, mas o bem mais bonito e acessível cemitério protestante, aonde íamos beber vinho Sangue de Boi e mijar nos túmulos.)

– NÃO VAI começar?

– Começar o quê?

– O senhor disse que ia contar a *minha* história.

– Disse?

– Disse.

– Foi uma afirmação exagerada. Quero só te fazer entender a dimensão do que tu fez. O tamanho do teu crime.

– Eu sei o que fiz.

– Acho que não sabe, mas não vou discutir isso de novo. Está ficando cansativo. Aliás, esta é a palavra: tu não me dá raiva. Tu me dá cansaço.

– Eu sei bem o que fiz. E ainda acho que o senhor tem raiva. Por isso fica me agredindo, me chamando de ignorante.

– Não te chamei de ignorante.

– Praticamente sim. Fica dizendo que não sei das coisas.

– Das *coisas*, assim, genericamente, nem eu sei.

– Eu vou embora! O senhor está me gozando.

– Não faria isso.

– Disse que não me leva a sério.

– E não levo mesmo. Isso não significa que eu vá gozar da tua cara.

– Eu não entendo o senhor.

– E tu me cansa. Muito.

NÃO TINHA as imensas reservas de amor e cegueira próprias de sua espécie. Quando lhe apresentei o livro, disse apenas: "Ponha sobre o criado-mudo".

Não, porra, essa é outra citação óbvia. Ela leu, na minha frente, abriu o livro e leu, sorriu, meio constrangida, ergueu os olhos para mim, ou não exatamente para mim, mas para o espaço ao meu lado, algum ponto absurdamente nítido no azul doméstico da geladeira, e não lembro se conseguiu manter o sorriso enquanto relia a primeira frase, agora em voz alta.

(A frase era: "Para morrer, basta estar com câncer". Eu a considerava um achado. Não era minha. Era de um amigo, menos que isso, um conhecido de bar. Ele sempre a repetia, depois de duas margaritas, cheio de um descaso blasé. Explicava que era parte de uma peça de teatro e se botava tediosamente a narrar o enredo, um amontoado inverossímil de situações de incesto culminando em parricídio. Virava a mesa quando alguém acusava a influência ululante de Nelson Rodrigues.

A peça ainda não tinha sido encenada ou publicada quando saiu meu livro. Empréstimo não-autorizado, a frase valeu meu único escândalo literário, quando o tipo irrompeu no boteco onde eu bebia com amigos para acusar o roubo. "Plagiário", ele berrava, "plagiário filho-da-puta". Devolvi no mesmo calão: "medíocre" – "imbecil" – "veado". E foi assim até o sujeito levantar o indicador desaforado muito perto da minha cara, gesto que detonou um impulso inédito em mim: virei-lhe um soco na cara. A intenção, pelo menos, era acertar a cara. Foi um bofete torto, de bêbado, perdido em algum lugar abaixo da orelha. A turma do deixa-disso entrou em cena, e a polêmica autoral se encerrou ali.)

E seguiu lendo, em silêncio, uma atenção excessiva, fingida, e não fazia menção de parar, como se fosse ler as 128 páginas ali na cozinha, e meu amor-próprio já desistira de qualquer manifestação de orgulho sangüíneo de sua parte, eu estava mesmo a ponto de dispensá-la daquela formalidade estúpida, dizer qualquer coisa desajeitada como deixa para depois, fim de semana que vem apareço de novo – quando ela bocejou.

Foi a última vez que estive em Estância Velha. No século, no milênio passado.

– Da minha mãe?
– Sim. O que tu sabe dela?
– Não tem nada pra saber.
– Nada?
– Ela é minha amiga. Me conta tudo.
– *Conta*?
– Me *contou* tudo, sim.
– Mas ela não falou que eu...
– Sei disso tudo.
– De tudo, não. As coisas não são como tu pensa.
– Se vai falar da minha mãe, eu vou embora. O senhor sabe que ela não pode desmentir.
– Claro. Ninguém pode desmentir a verdade.
– Ela sempre me contou a verdade.
– Que verdade?

QUANTAS VEZES pensei nela nesses anos de ausência? Duas. E em apenas uma dessas ocasiões senti o vago incômodo da nostalgia.

Eu andava pela Paulista. (Será mesmo? O fato parece mais verossímil em uma calçada *estreita*. Mas a memória, mãe do lugar-comum, deseja invocar o testemunho monumental do Masp e da Fiesp). Viajara para São Paulo na perspectiva de um emprego, perspectiva que não se confirmara. Eu vinha de ouvir uma negativa brutal, que grudara na minha cara como um chiclete velho, e por isso não olhava em frente, a vista do chão me bastava.

Não quis saber quem fora o culpado pelo esbarrão. E a escolha infeliz de palavras ficou gravada na minha vergonha: "*Vê* se *olha* por onde anda, ô imbecil".

Ele era cego.

Não respondeu. Ficou parado, atravancando a calçada, pedindo desculpas para o vazio com uma expressão humilde e idiota. Só então lembrei dela – de Estância Velha, a pacata aldeia natal. Estância Velha, onde a vida era tão mais simples e pequena.

– EU VOU embora.

– Não, tu vai ficar.

– Não vou mais ouvir mentira nenhuma.

– Tu ainda não ouviu nada.

– O táxi chegou. Vou embora.

– Táxi?

– Está aí na frente. Vou para Novo Hamburgo, pra rodoviária. Vou fugir.

– Não vi táxi nenhum.

– Está me esperando ali na rua. Acende a luz, quero ir.

– Senta aí. Não tem táxi nenhum. Não passa táxi aqui.

– Eu chamei.

– Não te vi no telefone.

– O senhor tinha saído da sala.

– Não saí da sala.

– Tenho que ir. Ele está buzinando.

– Não ouvi nada.

– Acende a luz, por favor. Não estou me achando.

– Senta!

– Me solta!

– Senta aí. Te aquieta.

– Me larga. Ele vai embora!

– Tu vai ficar.

– Ele está indo embora. Me deixa, por favor, me deixa.

– Não tem táxi nenhum. Tu vai ficar.

– Ele foi embora. Merda, ele foi embora!

– Te acalma agora. Não tinha táxi nenhum. Tu vai ficar e me ouvir.

– O senhor é um mentiroso.

– E tu é um assassino. Somos parentes.

PEQUENA, sem dúvida. Simples? Não sei. Fiz minha vida fora daqui – "fazer a vida" querendo dizer carreira, aplicações financeiras, casamento, divórcio etc.

Teria sido mais simples aqui? Não posso saber. Nunca desci aos intestinos de Estância Velha, a fonte desse cheiro indelével (se diz "indelével" de um odor?) que é a cara e alma do lugar. Os curtumes: só os conheço de passar em frente a seus amplos pavilhões, lá dentro os fulões em fileira, enormes barris girando, girando e fedendo.

Pelos quatorze, quinze anos, inspirado em uma tradução ordinária de Aldous Huxley, escrevi um conto sobre Estância Velha. Perdeu-se, como tudo. Na época, eu "militava" no Grêmio Estudantil da minha escola de segundo grau, em Novo Hamburgo. O conto foi a mais radical expressão de minha solidariedade à causa operária. Intitulava-se *Cidade Ípsilon*.

Os operários dos curtumes e fábricas de sapatos de Estância Velha dispensariam essa solidariedade insultuosa. Como eu poderia saber? Conhecia um ou dois operários, pais de amigos de farra, uma relação que ultrapassava pouco o boa-noite, como vai o senhor, o seu filho está em casa?

Que dizer das massas que moveriam a empenada roda da fortuna marxista? O mais próximo que estive de seu calor e cheiro foi em um restaurante. Por alguma razão insensata e adolescente, não queria comer em casa. Estava aguardando que o garçom me trouxesse o à la minuta quando uma fábrica próxima apitou a hora da saída. O restaurante lotou, três deles sentaram à minha mesa. Aprendi que seguravam o garfo com o punho cerrado. Não sei bem o que conversaram. Não sei do quê, ou por quê, riam tanto.

– EU NÃO entendo o senhor.

– Pára de chorar.

– Por quê, por que o senhor não me deixa ir embora? Não vai me defender, não vai me ajudar, nem me queria aqui.

– Tem razão. Não queria que tu tivesse vindo, em primeiro lugar. Agora que tu já está aqui, é melhor que fique.

– Não entendo o senhor.

– Pára de chorar. É tu que a gente tem que entender.

A SIMPLICIDADE estava em mim. Atormentado pela solidão e pela acne, como todo adolescente, mas também, ou por isso mesmo, inconsciente e inconseqüente. (Como todo adolescente. Só fui original no plágio.)

Um exemplo dessa simplicidade (ou simploriedade) subjetiva: a Estância Velha de minha memória é um deserto de cegos. E no entanto havia pelo menos um cego, um senhor negro de cabelos brancos e óculos escuros que tocava órgão na igreja. Eu ia à missa coisa de uma vez por semestre, obrigação de nosso descompromissado catolicismo familiar. Eventualmente, também cruzaria pelo organista nas ruas – como não cruzaria com quem quer que seja, em uma cidade tão pequena? –, mas era apenas nas missas sazonais que lhe dedicava uma porção indiferente dos meus pensamentos, e talvez algum sentimento esquivo, meio respeito, meio superstição. (Falso, até isso é falso. O adolescente é um monstro, não admiraria o intérprete do choroso hinário católico, Jesus Cristo é jovem como nós, nem que ele tivesse os dois braços amputados.)

Só no esbarrão em São Paulo, compreendi como é humilhante enxergar. Ver o quê, ver para quê?

(Antes, ainda, um episódio universitário, em Porto Alegre. Eu tinha uma colega cega. Vinha à aula acompanhada da mãe, que copiava o quadro-negro e auxiliava em tarefas afins. Desistiu no meio do segundo semestre. Mas isso não vem ao caso. Havia esse professor, um figurão, tipo respeitado por conta de uma meia dúzia de livros, compilações e inventários estéreis. Eu mesmo o idolatrava, então. Ao final de uma aula, fui procurá-lo para esclarecer uma dúvida banal. A colega cega saía da sala, acompanhada pela mãe, e ele as olhava com a atenção concentrada de um louva-a-deus. Fiz qualquer observação benigna sobre o esforço admirável daquela menina. O professor respondeu com uma raiva fria: "Isso é oportunismo". E como eu não soubesse expressar meu pasmo, aproveitou meu silêncio para acrescentar precisão e elegância à frase: "É o oportunismo lamuriento e pegajoso dos cegos".

Eu teria cuspido na cara dele, mas precisava da nota.)

– O SENHOR não pode falar isso aqui dela. O senhor não tem o direito.

– Tu não tem namorada, não é mesmo? Aliás, nunca teve.

– O que isso tem a ver com a história?

– É que tu tem uma fixação meio doentia na tua mãe.

– Quem falando! O solteirão.

– Eu vou nas putas.

– Sei. Junto com o meu pai. Foi lá que acharam a enfermeira – no puteiro?

– Tu é que não tem o direito de falar assim. Tu não sabe como ele sofreu com o derrame da tua mãe. Ela era tão nova, ainda.

– Quem sofreu foi a mãe. E ia continuar sofrendo. O meu pai... Ele humilhava ela. Será que o senhor não via isso?

– Não, nunca vi humilhação nenhuma. Tu ainda não entende essas coisas direito. No sexo, às vezes...

– Sexo? Mas, que sexo? Ela não podia mais.

– Como é que tu pode saber disso?

– É óbvio. Meu Deus, se ela nem consegue mais se mover.

– Ela ainda enxerga, não enxerga? E as sensações... Ela ainda *sente* alguma coisa quando tocam nela.

– É melhor parar com esse assunto.

– Mas que guri inocente. Não agüenta falar no tesão da mamãe.

– O senhor é doente, é um puto doente.

– Não grita. Já é tarde.

– Eu não quero ouvir mais nada.

– Tua mãe te contava sobre ela e teu pai? De como era entre eles, antes?

– Não tinha nada pra contar.

– E tu nasceu de um pé de couve.

– Não me subestima.

– Estou te estimando na medida exata. Tu é muito, muito inocente, guri.

– Não me chama de guri. Eu já matei.

– Isso é uma ameaça?

VER, APRENDER.

A janela dava para a colina, um declive suave e barrento que conduzia ao cemitério e à igreja, esta um tanto deslocada de nosso campo de visão. O horizonte recortado de cruzes e lápides, austeras e despojadas como convém ao protestantismo, era a única evasão quando a aula nos entendiava.

Na quinta série, um colega sardento chorou quando a professora de ciências veio com o noivo à festa junina. Na sexta série, a professora de matemática, solteira, apareceu grávida, e a gurizada dizia que o pai era estudante da oitava série noturna. Na sétima série, o professor de educação física promoveu um campeonato de punheta. Na oitava série, a professora de inglês morreu e a bibliotecária a substituiu. Fui sempre aprovado com boas notas.

Escola Estadual 8 de Setembro. O nome alude à data de emancipação do município de Estância Velha.

– NÃO TINHA nada entre eles. Nada. Eles... Ele obrigava ela.

– Foram vinte e cinco anos de casamento. Um estupro meio prolongado.

– Não foi isso que eu quis dizer. É que ela... Ela não sentia nada por ele. Nada. Nunca sentiu.

– Ela te disse isso? Que não sentia nada pelo teu pai?

– Ela me contava tudo. Era minha amiga.

– Te disse isso? Com essas palavras: "Não sinto nada por ele"? Disse?

– Não foi bem assim, mas...

– Mas ela disse que tu, sim, era muito especial.

– O senhor está insinuando...

– Não, não estou. Tu é muito inocente pra isso. Se bem que Édipo, pesadas bem as coisas, também era.

– O senhor quer dizer o quê com isso? Olha que te quebro a cara!

– Senta aí. Tu não é homem pra tanto. Não sem arma. Senta aí e pára com a gritaria. Já é tarde.

– O senhor é doente. O senhor é um puto doente.

– Me diz, só por curiosidade: tu por acaso sabe quem foi Édipo?

– O senhor acha que eu sou burro?

– Sabe ou não sabe?

– Sei bem o que é. E não é nada do que o senhor está pensando. Ela era minha amiga. Ela era minha mãe.

– Era?

– Pára, por favor. O senhor me confunde.

A MEMÓRIA confunde tudo. Deveria ser organizada, linear, como as filas antes da entrada, alinhadas com zelo policial pela diretora estrábica. Mas é tudo como a saída para o recreio, correria, atropelo, berreiro.

Ver, aprender. Era de geografia ou ciências aquele professor que na oitava série oscilava entre a mesa e o quadro negro na busca de apoio para a bebedeira? Interessa saber? E aquela estagiariazinha de história, como era o nome? Ah, eu devia lembrar o nome, escancará-lo ao mundo para execração da coitada. Recordo só o fato: do fundo da sala, levantei o braço para perguntar se aquele Garibaldi que víamos unificar a Itália era o mesmo que lutara ao lado dos Farrapos. Ela respondeu com um cortante "bem capaz"! A turma riu. Em casa, a Barsa me confortou com a superioridade do conhecimento. Guardei aquela informação secretamente, esperando, esperando o dia, a hora, quando eu levantaria sobre a cadeira e do fundo da sala gritaria "fraude!". O dia, a hora nunca chegaram.

– EU SEI quem é Édipo. É o do complexo.

– Complexo?

– De Édipo. Complexo de Édipo.

– Ah, meu deus. E vem de onde, o complexo de Édipo?

– De um cara que matou o pai e comeu a mãe.

– Um cara?

– Um grego.

– Podia ser gaúcho, não podia?

– O senhor quer dizer o quê?

– Eu já disse tudo. E tu também: matar o pai, comer a mãe. A ordem dos fatores não altera o produto.

– O senhor é doente. O senhor não tem como saber de nada.

– Então tem algo pra saber?

– Não!

– Vamos ver o quanto *tu* sabe. Esse Édipo, esse... grego. Como é que acaba a história dele?

– Não sei.

– Ele termina cego. Arranca os próprios olhos.

– Por quê?

– Ora, por quê. Porque descobre a verdade.

– A verdade?

– O destino dele. O oráculo cumprido: matou o pai e pegou o lugar dele na cama da própria mãe.

– Quer dizer que ele não sabia?

– Claro que não.

– Fazia com a mãe... e não sabia?

– Exatamente.

– Não faz muito sentido.

– Como não?

– Não sei. É que a história assim... Ela meio que perde a graça.

UM NOME, lembro um nome, aliás, sobrenome: Sartori. Magro, anguloso, o cabelo negro penteado para trás com glostora, o rosto quadrado e duro de um Frankenstein de Boris Karloff. Alto, muito alto, as roupas antiquadas pareciam ampliar ainda mais essa altura desajeitada, e a lordose acrescentava um sentido de instabilidade ao gigantismo, o colapso era iminente, é agora, ele vai adernar de vez, desabar de costas.

Nunca aconteceu. Estava solidamente plantado em sua crença, o último professor do mundo a cultivar a ilusão do magistério como sacerdócio. Ensinava português. E religião. Católico, ortodoxo nas convicções e no ensino. Achávamos que era louco, ou ao menos excêntrico, pela empostação com que nos incutia a Bíblia, pela veemência com que nos tomava a conjugação dos verbos irregulares. Por isso gostávamos dele, mesmo quando a matéria nos aborrecia.

Não era louco, percebo hoje. Excêntrico, talvez. Mais exatamente, anacrônico. Lembro o dia em que tomou a sala como uma ventania, alterado, possesso. Ouvira de uma colega, na sala de professores, que já não havia mais sentido em ensinar a conjugação da segunda pessoa do plural, ninguém mais falava "vós havereis". Teria preferido ensinar português a uma turma que ao mesmo tempo estivesse estudando latim. Ver, aprender.

Um ponto claro na indistinção de tudo, como um boi no pampa (não o conheço, nunca estive lá). É uma idealização da memória, ou ele era mesmo essa rocha (imagem gasta mas adequada) de dignidade, essa reserva final de pureza e sabedoria? Será mesmo que na sua roupa reta e feia não se entranhava o fedor de Estância Velha?

Minha pose cínica se arma para perguntar que memória terá sobrado de Sartori para a multidão de colegas que saíram do primeiro grau para a fábrica. Conjugarão "vós trabalhareis" enquanto pregam tachinhas nos sapatos?

Não interessa. Para mim, ele é quase sagrado.

Sartori é a régua com que meço minha ignorância.

– NÃO DÁ pra acender a luz?

– Tu é insistente.

– Dá pra acender a luz?

– Não. Eu quero assim.

– Pra quê? Pra mentir sem me olhar na cara?

– Não menti. Nem poderia: tu me interrompe sempre, não me deixa terminar nada.

– O senhor me chamou de Édipo.

– Não chamei, não. Eu não sou tão vulgar assim.

– O senhor me acha vulgar?

– Não foi o que eu disse. Mas, se tu quer saber, te acho, sim, vulgar.

– Não sou eu que vou nas putas.

– Tu é muito moralista. Perigoso, na tua idade.

– O senhor me acha perigoso?

– Tu quer ser perigoso?

– Só quero saber.

– Vamos dizer, então, que pra mim tu não é perigoso.

– Por que não?

– Está desarmado.

– Estava desarmado quando entrei em casa, ontem.

– Aqui tu não sabe onde eu guardo a arma.

– Tem uma arma?

– Por que o interesse?

– Tem?

– Talvez.

– Talvez?

– Talvez.

– Não quer dizer porque tem medo de mim?

– Não quero incomodação. Só isso.

– O teu irmão dizia sempre a mesma coisa. Pra tudo que é situação.

– Mas agora o teu pai não diz mais nada. Não é assim?

– É.

– E tua mãe também não fala muito.

– Não acho graça.

– Talvez seja o que te falta: humor.

– O senhor vai rir da minha mãe? Da doença, do derrame dela?

– Só imagino como ela não ia rir, se fosse eu.

– O senhor não conhece ela.

– Conheci, sim.

– O senhor pensa que conhece. Ela me contou de vocês.

– E tu não ficou enciumado?

– Se o senhor insinuar isso mais uma vez...

– Tudo que é filho tem ciúme da mãe. Não insinuei coisa nenhuma.

– Não tenho ciúme. Não do senhor.

– E do teu pai?

Reler é doloroso. Aguça o senso do ridículo. Fiz uma pausa para um copo d'água e um cigarro, revisei só alguns parágrafos para retomar isso que não sei bem o que é, e lá estava: escancarar o nome de uma pobre professorinha ao mundo. Que pretensão é essa? Quem diz que o mundo tem qualquer interesse no que eu tenho para "escancarar"?

Pensei ter abandonado essa vaidade. Não sei bem quando, se no bocejo que vi aqui do lado, na cozinha, ou se nos desaforos que o sujeitinho da frase plagiada me dirigiu em Porto Alegre. O bocejo, foi o bocejo. Não comportava resposta. Os insultos, esses eu ainda poderia confrontá-los com superioridade cínica – se não houvesse, claro, posto minha *non-chalance* a perder desferindo o mais desajeitado bofete que já se viu em uma briga de bar.

(Nota para um ensaio: me ocorre subitamente que até a qualidade do nosso cinismo mudou, empobreceu. O cinismo de um Brás Cubas era *autêntico*; o meu, o nosso, é pose.)

O engraçado é que não sei dizer qual dos acontecimentos vem antes, o bocejo ou o soco. E são ambos de um passado muito recente. Coisas do século, do milênio anterior.

É como determinar o momento exato em que paramos de destruir a iluminação pública. Deve ter sido mais ou menos pela época em que começamos a freqüentar o cemitério.

– E O SENHOR? Tinha ciúme dele?

– De quem?

– Do meu pai.

– Ele era meu irmão.

– Ela foi tua namorada.

– Foi isso que ela te contou? *Namorada*?

– Foi.

– Não ficamos só nisso, sabia?

– Só sei que o senhor com certeza queria mais.

– É mesmo? O que ela falava de mim?

– Não posso dizer.

– Por que não?

– Eu não posso trair a confiança dela.

– Escrúpulo interessante. E cínico.

– Cínico é o senhor. Inventando mentiras sobre quem não pode se defender.

– Tu parece um guri de colégio. Fica aí todo preocupado com a *fama* da tua mãe. Mas não dá a mínima pro bem-estar dela.

– Mentira. O que eu fiz, foi por ela.

– Deixou ela com dois cadáveres...

– Eu não tive escolha. Precisava fugir.

– ... e nem me perguntou por ela. Não se importa de ela estar sozinha, em casa, sem marido, sem enfermeira?

– O senhor deixou ela sozinha?

– Por acaso eu sou responsável por ela?

– Claro que é. O senhor é o parente mais próximo.

– Não sou, não. É como dizem: cunhado não é parente.

– Ela está sozinha?

– Eu não estou lá. Tu não está lá.

– Ela está sozinha?

– Ninguém pra dar comida...

– Responde, porra!

– ... ninguém pra trocar as fraldas. Situação mais degradante.

– O senhor é mesmo um filho-da-puta!

– Senta aí, guri. Estava te provocando. Ela não está sozinha.

– Ela... Ela está aqui!

– Não, ela...

– Está aqui, sim. O senhor está escondendo ela de mim.

– Olha, me escuta...

– Deixa eu ver ela!

– Cala boca e me ouve. Ela não está aqui. Mas fica calmo. Ela está bem cuidada.

– Onde?

– No hospital.

– O senhor está mentindo pra mim. Está sempre mentindo.

– Pode ir lá. Deve ter uns brigadianos te esperando.

– Deixa eu ver ela, por favor. Depois eu me entrego, prometo. Por favor.

– Ela não está aqui. Por que eu ia esconder ela de ti?

– O senhor tem ciúme.

– E tem algum motivo pra ciúme?

A IDÉIA surgiu da falta de dinheiro, ou de opção.

O cinema de Estância Velha já havia dado lugar a uma ferragem. Perto da Escola de Contabilidade, chegaram a abrir uma pizzaria, mas fechou logo. Havia a boate do Clube União, de onde pulei de uma janela do segundo andar quando avisaram que a polícia estava batendo para recolher os menores de idade. Outro clube, o Canto Lyra, promovia bailes com música ao vivo. Não era o nosso repertório. Novo Hamburgo era onde as coisas aconteciam. Mas o último ônibus voltava antes das onze da noite. Minha turma não tinha carro.

Nada era do nosso repertório, nenhum lugar rodava os discos velhos de Led Zeppelin e Pink Floyd que ouvíamos na minha casa antes de sair para beber cerveja em uma lancheria qualquer. Se às vezes aparecíamos em uma festa, ou no União, ou nas quermesses da igreja, ou até no kerb, com bandinha e demais adereços da germanidade ornamental, vínhamos munidos da nossa debochada superioridade, muito boa-noite, estamos aqui entre vocês, *colonos*, só desta vez, só por enquanto.

Éramos uns quinze ou vinte quando saíamos para rebentar a iluminação pública. O vandalismo exigia a valentia canalha que só encontramos em bando. Depois do 8 de Setembro, dispersamos. Muitos pararam de estudar. Outros tantos foram para o Contador, como chamávamos a Escola de Contabilidade. Uns poucos conseguiram passar no exame de seleção da Escola de Curtimento, orgulho da cidade (única do gênero na América Latina). Fui estudar no

25 de Julho, em Novo Hamburgo, um segundo grau feito aos trancos entre as greves do magistério.

Apenas uns cinco ou seis mantiveram a camaradagem quando deixamos de ser colegas. Éramos só quatro da primeira vez. As lancherias fecharam cedo, ou estavam cheias de caras que não topávamos. Compramos dois garrafões de vinho ordinário no Pentágono. Alguém sugeriu, por farra, um porre no cemitério. Finalmente encontrávamos nosso lugar em Estância Velha.

– O SENHOR distorce tudo.

– Olha, eu não vou te defender, mas posso deixar um conselho, um conselho jurídico: não existe verdade, só distorção.

– O senhor é um cínico.

– Cínico não, realista. Vou dar um exemplo: o teu caso.

– O meu caso?

– Eu te vejo chegando em casa, ontem, meio bêbado...

– Eu não estava bêbado.

– Não faz muita diferença. Tu chega em casa e *vê* o que está acontecendo. Não tinha planejado matar ninguém ainda. Tinha uma certa raiva, mas não era muito maior do que a raiva que todo filho tem pelo pai. E mais o ressentimento irracional de ele ter ficado por aí, cheio de testosterona, enquanto tua mãe caía entrevada na cama.

– Nunca tive ressentimento nenhum.

– Te prende ao essencial: tu tinha planejado o crime? Entrou em casa sabendo que ia matar?

– Não.

– Adiante, então. É como eu ia dizendo: tu entra, tu vê.

– Vejo? Vejo o quê?

– Ora, é tu que tem que me dizer. Viu o quê?

– Meu pai. Com a puta.

– Aí começa a distorção. Na tua perspectiva torta, ela era uma puta.

– Não era?

– Era uma enfermeira. Se te interessa a minha avaliação, era uma profissional bem competente. Dedicada. Gostava da tua mãe.

– O senhor não está falando sério.

– Me responde sinceramente: até ontem, tu tinha alguma queixa dela?

– Isso não vem ao caso. Eles estavam na cama da minha mãe.

– E por trepar com teu pai naquela cama, ela era uma puta?

– Sim.

– Onde é que isso coloca a tua mãe?

– Como é que é?

– Ela trepava com teu pai na mesma cama.

– Mas só pode ser gozação! O senhor... Será que o senhor não vê a diferença?

– Estou tentando abrir a tua cabeça, guri. Tu precisa ver as coisas com menos moralismo, menos rigidez. Mas eu entendo, sim, que ontem à noite tu *viu* uma traição.

– Foi mais do que isso.

– Mais?

– O senhor não entende.

– O quê?

– Eles estavam humilhando ela.

– Humilhando quem?

– A minha mãe. O senhor sabe. O senhor foi lá no quarto, depois.

– Eu reconheci os corpos. Ele era meu irmão.

– E o senhor não entende?

– O quê?

– Os dois... Ela estava na mesma cama. Eles estavam trepando ao lado da minha mãe.

DEITEI SOBRE a laje (quase escrevo "laje fria", mas não, a pedra conserva à noite o calor do sol). É só o que lembro. Deitei sobre a laje (ou foi sobre o banco?), e não sei dizer se nublado ou estrelas. Quando acordei, a luz da manhã explodindo na minha cabeça, um balde no chão junto à cama (quando, como cheguei até a casa, o quarto?), tive a noção da bobagem. Dessa vez eu ia ouvir.

Álcool é bom. Apressa o esquecimento. Antes do lapso, foi tudo de uma banalidade atroz (tão banal quanto a expressão "banalidade atroz"). Conversamos, bebemos, brincamos de pular sobre os túmulos. Caímos, e alguém torceu o pé. Descemos até o centro, até o Pentágono, para buscar mais bebida. Voltamos. Vomitamos.

O lapso é negro e profundo. Indistinção total, cerração no pampa (não o conheço, nunca estive lá). Uma de minhas melhores memórias.

– Ao lado dela. E ela não podia fazer nada. Nada. Ela está paralítica, meu deus. Tetraplégica. Nem podia protestar. Ela não fala, não consegue mais...

– Olha, é meio bobo eu dizer isso, mas as coisas nem sempre são o que parecem.

– Não vem com história. Eu sei muito bem o que eu vi.

– Sei, sei. Tu acha que viu uma traição, que a coisa toda foi humilhante pra tua mãe. Mas eu acho que a humilhação maior é ser deixada na cama com dois cadáveres.

– Eu não queria deixar ela lá. Eu não... Eu precisava fugir. Mas eu não queria deixar minha mãe lá, não queria mesmo. Minha mãe, merda!

– Os policiais ficaram confusos, sabia? Acharam que ela também estava morta.

– Ela ainda enxerga. Eu sei que ela ainda enxerga, vê tudo que acontece em volta dela. Ela ainda ouve, também. E aquela puta ali, com meu pai.

– Sim, ali com o teu pai. Os dois mortos.

– O puto, o porco. Babando, gemendo.

– Quando eu cheguei, a polícia já estava lá há mais de uma hora. Ninguém tinha se mexido para remover a tua mãe. Estavam esperando o rabecão do IML.

– Bem ao lado, do lado dela, *encostando* nela.

– Os idiotas nem pensaram em verificar o pulso, a respiração. Dá pra acreditar?

– Ela não merecia, não merecia.

– Não, não merecia.

(O TÚMULO dos Bender tinha um banco. Por que um banco? Talvez fosse a máxima ostentação em um cemitério sem mausoléus. Ou alguém de fato passaria algumas horas ali, sentado em reverência silenciosa ao pé dos antepassados? Faz poucas horas, voltei de um cemitério, o outro cemitério, e a última alternativa me parece... esquisita. Não tem por que perder tempo em um cemitério, não sendo adolescente. Ou morto.)

– NÃO MERECIA. Não merecia mesmo.

– E o teu pai?

– Que tem ele?

– Merecia?

– O que eu fiz foi por ela.

– Não foi o que eu perguntei.

– Claro que merecia. O puto, o porco.

– Vou te dizer uma coisa, uma coisa meio difícil. Talvez tenha sido uma lembrança, uma homenagem.

– Do que o senhor está falando?

– É triste, é patético. Mas talvez ele tenha feito aquilo por ela.

– Feito? Feito o quê?

– Tu sabe.

– Não, não sei.

– Com a enfermeira.

– Com a puta?

– Tu não sabia tudo da tua mãe.

– Nem o senhor sabe merda nenhuma. O senhor está inventando.

– Não tem invenção nenhuma. Aliás, não disse nada de novo. Tu sabe que não.

– Todo mundo mente.

– Sei. Esta cidade de merda. Todo mundo sempre sabe de tudo.

– Não tem nada pra saber.

– O pessoal falava disso, não falava? Até no 8 de Setembro, os teus coleguinhas já comentavam.

– Ninguém falou porra nenhuma.

– Não na tua frente, é claro. Pelas costas. Mas a gente sempre sabe, não sabe?

– Não sei de nada.

– *Eu* sei. Quer que eu te conte?

– É tudo mentira.

– O que é mentira?

– O que o senhor vai dizer.

– E o que os teus colegas diziam?

– Mentira.

– Por que eles iam inventar uma história assim?

– O senhor quer livrar a cara do meu pai. Mas eu não me arrependo, não vou me arrepender nunca. Fazia tudo de novo. Matava o meu pai e a puta, mais uma vez.

– É tarde. Baixa a voz.

– Matava de novo. E matava até o senhor.

– Tu não me ameaça, guri.

– Eu mato, eu mato, já matei antes, mato de novo.

– Senta aí.

– Me larga, me... ai!

– Senta aí e fica quieto.

– Pára, me larga!

– Não, agora chega. Cansei. Tu vai me ouvir.

– É mentira! É mentira!

– É verdade, sim. Eles gostavam com outras pessoas, entendeu? Às vezes mulher, às vezes homem.

– Não!

– Era como eles gostavam. Tu não tem nada a ver com isso. Não tinha nada que... Meu deus, ela podia estar *gostando*.

Um momento de felicidade no meio da doença, da miséria, e tu pôs tudo a perder. A vida dele, a vida dela, a tua vida: tudo perdido.

– Isso é mentira. Minha mãe não fazia nada disso. Eu conheço bem ela.

– Tu não tinha que saber dessas coisas. Era entre ela e o teu pai.

– Foi meu pai que inventou essa merda toda. Foi ou não foi? Tudo mentira dele.

– Não foi isso.

– Ele queria que o senhor tivesse inveja, ciúme.

– Olha, me escuta...

– Ele mentia pra todo o mundo. Mentiu pro senhor. E traiu ela. O puto, o porco.

– Cala a boca. Quem me contou foi a tua mãe.

ESCREVER, escurecer. Para quê, para quem?

Já foi fácil, pode ser fácil. Assim: faz de conta que eu tenho um objetivo, faz de conta que eu comecei isso aqui sabendo o tamanho do novelo e o segredo dos nós, faz de conta. Que é um esforço racional e razoável de pôr ordem nas palavras e nas coisas, recolher casualmente memórias queridas ou dolorosas. Entender por que no enterro não cheguei a sofrer (devia? sim, devia). Faz de conta que não tenho veleidade alguma, que estou me lixando pro estilo (sobretudo, fazer de conta que não existe frustração, soco ou bocejo). Faz de conta que não se aumenta nunca um ponto, e que tampouco se subtrai. Faz de conta que contar esclarece. Fácil.

Uma da manhã. A tevê sintoniza mal. Difícil é esquecer o fedor.

Difícil é dormir. Adiante.

– O SENHOR é um mentiroso. Ela não gostava... Não fazia nada disso. E se fizesse não ia contar logo pro cunhado.

– Fui bem mais do que isso.

– Eu não entendo o senhor.

– Entende, sim. Eu trabalhava com o teu pai. Ia sempre na casa de vocês. Antes de tu nascer, eu jantava com eles quase todos os dias. Às vezes aparecia lá e ele não estava em casa. É difícil ficar longe da tua mãe. Ela era uma pessoa muito especial.

– Ela continua viva.

– Desculpe. Ela *é* muito especial.

– E o senhor é um filho-da-puta.

– Não foram... Foram poucas vezes. Mas, mesmo depois que... que nós paramos, ela ainda me confidenciava muitas coisas. O que *eles* gostavam de fazer na cama. Ela, o teu pai, e os outros, os "coadjuvantes", como ela dizia. Eu não queria ouvir, mas ela insistia. Pra me fazer ciúme, talvez. Ou pra me humilhar.

– O senhor só pode estar mentindo. O senhor não ia trair ele.

– Por que não?

– Era teu irmão.

– Era teu pai, não era?

NÃO, NÃO era, não podia ser. Estância Velha era uma circunstância, não seria jamais o nosso destino (com dezesseis, dezessete anos, acredita-se em destino). Estávamos por nos separar, cada um para um emprego ou faculdade ou incerteza. Então a indefectível combinação adolescente (originais só no plágio): em dez anos, nos reencontraríamos no cemitério. Para comparar quanto dinheiro fizemos e quantas mulheres comemos.

Por isso não fui ao cemitério protestante. Eles estão lá, em volta dos Bender, uma assembléia implacável. Não terei nada para contar.

Talvez possa falar de mulheres. Terei sobre eles a vantagem de não precisar mentir (a propósito, só uma vez levei uma menina ao cemitério. E não deu certo). Basta omitir alguns fatos – pois eles não ficariam impressionados com um sapato histriônico que me foi arremessado ao rosto, errou e estilhaçou uma vidraça, e acabariam entediados com os detalhes legais do divórcio.

Falo do meu livro, de literatura? Não.

Do meu emprego? Nem pensar.

De Porto Alegre? Muito perto, eles já estiveram lá.

Perderei a atenção deles, fatalmente. Correrão de mim, saltando túmulos, chutando coroas fúnebres, quebrando garrafas nas lápides. Não vou segui-los. Não porque me falte o vigor, mas porque estou preso a esse fracasso que apelidamos de maturidade.

– Estou enjoado.
– O banheiro é no lugar de sempre.
– Não é esse tipo de enjôo.
– Sei.
– Que horas serão?
– Tarde.
– Vou embora.
– Fica.
– Ficar pra quê?
– Ir embora pra onde?
– Não sei. Embora.
– Vai se entregar?
– Hein?
– Pra polícia. Vai se entregar?
– Ah, a polícia. Acho que sim.
– Acha que sim?
– É. Que que tem?
– De repente, tu ficou meio apático.
– O senhor me cansa.

O CASO do agricultor, talvez. Me ouviriam sem cansaço, mais uma daquelas ingênuas histórias de terror contadas no cemitério.

Era seu aniversário, os amigos haviam pago vários martelinhos de cachaça no bar ao lado do açougue. Ele voltava para casa com um pacote de carne, agulha e ponta de peito, para um churrasco. Atrasado – passava do meio-dia, nem começara o fogo e já estava bêbado.

Na estrada, o carro pára. Oferece carona. E o agricultor só é encontrado no dia seguinte, na beira da estrada. Ao seu lado, no embrulho, junto com a carne de segunda, seus olhos arrancados.

Mas, claro, vocês já conhecem essa história.

– COMO É escura essa rua.

– Uns vagabundos andaram jogando pedra nos postes. A prefeitura ficou de consertar amanhã.

– Tem uma sombra na cozinha.

– Como é?

– Tem alguém na cozinha. Olha ali.

– Não tem ninguém. Daqui da sala nem dá pra ver a cozinha.

– Tem alguém vindo.

– O que vocês estão fazendo no escuro? – pergunta uma voz.

– Mãe?

– O que vocês estão fazendo no escuro? – pergunta uma voz.

– Vai dormir, mãe. Estamos só conversando.

– Quem está aí contigo? É o teu irmão? – a voz.

– É o teu neto, mãe.

– Meu neto? Ai, meu deus. Como é que vai, menino? – a voz.

– Vou indo, vó, e a senhora?

– Vou bem, com a graça de deus. E o teu pai, por que não veio? – a voz.

– Não pôde.

– Vocês aparecem tão pouco – a voz.

– Vai dormir, mãe. Está tarde. Amanhã de manhã a senhora conversa melhor com o guri.

– O menino vai pousar aqui? Faz tempo, meu deus! Desde que tua mãe adoeceu, coitadinha – a voz.

– Vai dormir, mãe.

– Já vou, já vou. Não fiquem até tarde, hein? – a voz.

– A gente já vai deitar. Fique descansada.

– E não deixem a luz acesa – a voz.

– A luz já está apagada, mãe.

FOI A segunda vez, em quase vinte anos, que me lembrei dela.

Eu não tinha o costume de ler a seção policial. Um colega jogou o jornal sobre a mesa: “Estância Velha. Não é de lá que tu veio?”.

Li a notícia uma, duas, três vezes.

Sim, era de lá que eu vinha.

II

– Ela sabe?

– Não.

– O senhor vai contar?

– Contar que o filho dela morreu? Que foi o neto que matou?

– Acho que ela sabe.

– Ia saber como?

– Eu acho que ela estava ali, na cozinha, nos ouvindo.

– Mas que absurdo.

– Por que não?

– E tu acha que depois de tudo ela ia aparecer aqui, tranqüila, toda feliz de te ver?

– Quem sabe?

– Uma mãe que reagisse assim ia ser um monstro. Nem todo mundo é doente, sabia? Nem todo mundo mata o pai e depois procura o tio pra livrar a cara na justiça.

– Não entendi o que uma coisa tem a ver com a outra.

– Tem a ver com caráter. Com falta de caráter.

– Acho que ela sabe.

JÓIA KITSCH incrustada no centro de Estância Velha, o Monumento ao Curtidor lembra de longe as obras do esquecido Realismo Socialista. Só que o operário homenageado não tem músculos revolucionários, nem traz a mão à testa como uma viseira para melhor enxergar o horizonte vermelho. É um curtidor artesanal, inclinado sobre um cavalete, raspando os restos de pelanca e graxa do couro. De costas, esse miserável personagem de bronze aparece em uma pose deselegante. A gozação na cidade era que operário está aí mesmo para ser fodido.

Uma noite, pichamos a frase "Eta, vida besta" na base da estátua. O funcionário da prefeitura que fez a limpeza não sabia que era um verso de Drummond.

– O SENHOR dormiu?

– Humm?

– Está dormindo?

– Não... Eu só cochilei. Que horas são?

– Como é que eu vou saber? Está escuro. Sabe, eu estava aqui pensando uma coisa. É uma idéia meio engraçada. A minha mãe já era casada... O senhor está me ouvindo?

– Hã-hã.

– Não parece.

– Estou ouvindo. Uma idéia engraçada...

– E o senhor quer saber qual é?

– Hein?

– Nada. Dorme.

VIDA BESTA. Agricultor, em Estância Velha? Eu só conhecia gente do couro e do sapato, industriais do fedor. Acompanhei o caso até o jornal desistir dele. Descobri que "agricultor" era um termo genérico e generoso – a vítima era um biscateiro, vivia de prestar serviços de capina aos vizinhos, estes sim, pequenos agricultores.

Vida besta. Capinava, juntava trocados, comprava cachaça. Lapsos negros e fundos de bebedeira, confusão torpe de horas e dias, ressaca curada no cabo da enxada. Para que um homem assim precisa de olhos?

– DESCULPA, não quis acordar o senhor.

– Eu não dormi, que merda. Quero saber do que tu estava rindo.

– Não posso nem rir agora?

– No teu caso, rir é uma indecência.

– O senhor parece o pai. Sempre sério.

– Estava rindo do quê?

– Uma coisa.

– Uma coisa?

– Uma coisa que me passou pela cabeça.

– Anda passando muita coisa por essa tua cabeça de bagre. A última idéia que veio e parou foi matar o teu pai.

– Foi disso que eu ri.

– Das mortes? Dos assassinatos que tu cometeu?

– Não, não... É só que... Bom, pelo que eu entendi, o senhor foi... foi amante da minha mãe.

– Isso é engraçado?

– De repente me deu essa idéia.

– Mas que idéia, porra?

– Quem garante... O senhor bem que podia ser meu pai.

PAI DE duas filhas. Viúvo, morava com elas em um casebre no Rincão da Saudade. Esse nome idílico foi o que mais me intrigou quando li a notícia. (Devagar, devagar, força de expressão: o caso em si mesmo era bem mais intrigante, bem maior do que o bairro onde tivera lugar, bem maior do que Estância Velha.)

Só alguns dias depois uma reportagem mais detalhada trouxe fotos, descrições do local e um pequeno mapa. O problema, descobri, é que em Estância Velha jamais soubera desse sobrenome, "da Saudade". Todos só falavam no "Rincão", como que conscientes da impropriedade do nome completo.

Uma estrada de chão, casas esparsas e humildes. Bucólico (na época, não conhecia o adjetivo). Lembro o pó e o cascalho do caminho limitado por mato ralo e cercas de arame farpado. Fomos por ali para um piquenique da oitava série, festinha de despedida do 8 de Setembro. Ultrapassamos o Rincão, até um lugar chamado Morro Agudo. Andamos bem umas duas horas morro acima. Na volta, à tardinha, eu ia adiante de todos, quando vi movimento em uma macega na beira da estrada. Corro, afasto os arbustos espinhentos – e o homem está deitado ali, dentro de uma vala escura por onde corre um fio de esgoto, as mãos sobre o rosto ensangüentado. Ao lado dele, o pacote de carne.

– POR QUE não?

– Porque não, porra. Estou dizendo: não tinha jeito.

– Quantas vezes o senhor se encontrou com ela? Depois de casada, quero dizer.

– Foram poucas. Olha, a gente tomava precauções.

– Que precauções?

– Ora, que precauções. Acho que ela tomava pílula.

– Acha?

– Não tem jeito, não tem jeito, entendeu?

– Em que época foi isso?

– Como é que é?

– Quando foi a última vez?

– Não lembro.

– Eu já era nascido?

– Sei lá.

– Então como é que o senhor pode ter certeza?

– Mas por que tu não cala essa boca? Não basta o que tu fez, ainda fica me enchendo com essa merda, esse despropósito.

– Não grita. A vó está dormindo.

– Não, não está. Ela está ouvindo atrás da porta. É o que ela gosta de fazer, não é? Agora ela já sabe até que o teu pai sou eu. E que o outro filho dela, o que tu matou, era teu tio.

– Desculpa. Foi uma bobagem. Não quis irritar o senhor.

– Irritar! Mata meu irmão e vem com essa de "irritar", de me dar "raiva". Eu já não sei mais se tu é muito cínico ou muito burro.

– Desculpa, eu só...

– Só o quê, animal? Só matou teu pai, né? E depois veio aqui fazer piada.

– Não era piada.

– Ah, não? Era sério, então? Tu quer que eu levante e vá até aí te abraçar, "meu filho querido"?

– Desculpa. Pô, eu já pedi desculpa.

– Pro teu pai, não adianta pedir desculpas.

DIVAGO, IMAGINO. Não é isso, não foi assim. Ou foi?

Especular, escurecer. Estância Velha me devolveu o prazer miúdo da fofoca. Li tudo que o jornal trazia a respeito e, bem melhor, ouvi. Só eu estivera na estrada de chão, só eu conhecera o fedor, só eu talvez tenha cruzado um dia com a vítima em uma ruela de Estância Velha (qual de nós estaria cambaleando de vinho barato ou cachaça ordinária?). Mas, em Porto Alegre, meus amigos, colegas, conhecidos – todos tinham a sua própria teoria. Os motoristas de táxi, ah, os motoristas de táxi. Foi urubu, dizia um deles, urubu se lambe todo por um olho.

Não é isso. Não foi assim.

A perícia constatou uma perfeição fria na extração dos globos oculares. Blefaróstato. Peritomia.

A polícia, tonta como um motorista de táxi, levantava e descartava hipóteses e suspeitos de um dia para o outro. O delegado ainda insistia no tráfico de órgãos quando uma testemunha que não quis se identificar revelou a existência da seita.

Nossa imaginação mais embriagada não chegava a tanto. O cemitério que freqüentei não tinha pentagramas cabalísticos, flores do mal, bodes expiatórios ou recitais de Byron; eram só tumbas e coroas murchas, o banco dos Bender e o vinho Sangue de Boi que no dia seguinte se convertia em agulhadas no cérebro. E, no entanto, tínhamos vizinhos satanistas, uma congregação poderosa e subterrânea que governava a cidade. Exagero, sim, mas é como os fatos se transfiguravam no jornal, à distância (pouca, mas intransponível, o bocejo), naqueles poucos meses da investigação, quando eu podia anunciar, com um orgulho bestial e sádico, sou de lá, sou de Estância Velha.

– ESTÁ MAIS calmo agora?

– Vai à merda.

– Olha, foi uma bobagem. Desculpa.

– Desculpa pelo quê? Matar meu irmão?

– Eu vou buscar um copo d'água.

– Não quero.

– É pra mim.

AGRICULTURA, saudade, satanismo. Não sabia dessas coisas em Estância Velha. Ao trombar com o cego paulista, idealizei uma cidade singela e inocente, uma cidade sem cheiro. O jornal diário, em Porto Alegre, desvelou uma cidade que eu absolutamente não conhecia, toda a minha adolescência um enorme lapso alcoólico.

As duas únicas ocasiões em que a lembrei. O caso do agricultor foi uma lembrança continuada, cinco ou seis meses ouvindo vozes na página policial. Depois o fato saiu dos jornais, e a esqueci novamente.

Amanhã vou a Porto Alegre. Voltarei aqui mais umas duas ou três vezes, para tratar do inventário, da venda da casa. Encerrada essa burocracia maçante, poderei esquecê-la com tranqüilidade. Já está mesmo enterrada.

– DÁ PRA acender a luz da sala?

– Não. E não esquece de apagar a luz aí da cozinha.

– Já apaguei, já apaguei.

– E não deixa a torneira pingando.

– Não deixei.

– Deixou, sim. Estou ouvindo daqui.

– Não ouço nada.

– Está pingando, sim. Vai acordar a mãe.

– Se não acordou com a conversa...

– Ela escuta tudo que acontece na cozinha. Levanta no meio da noite pra fechar a torneira.

– Por que não vai o senhor lá, fechar a porra da torneira?

– Foi tu quem deixou aberta.

– Só que eu não vou fechar.

– Mas como tu é infantil.

– Eu? Eu matei meu pai.

(ESCREVER, emburrecer. A cidade bucólica versus a cidade satânica, e já não sei se a oposição é simples ou simplista, acontece sempre que escrevo, os fatos ficam todos reduzidos a esquemas, e uma juventude por si mesma tão opaca e malcheirosa perde qualquer resto de cor nessa minha evocação apressada – não, não é possível que fosse apenas um lugar isolado para beber, que em nenhum canto se arrastasse a aterrorizada sombra romântica, que nunca soprasse uma brisa morna, uma brisa do Hades.

Talvez por isso ela tenha bocejado. Não sei, não se explicou, nem eu cobrei explicações. Nunca mais voltei.)

– O SENHOR tem medo dela?

– Larga de ser ridículo. E faz favor de ir lá fechar a torneira.

– Não estou ouvindo nada.

– Está pingando.

– O senhor tem medo que a vó saiba.

– Ela está muito velhinha. Ia ser um choque. Quero preservar ela dessas coisas.

– Coisas?

– Mas o que deu em ti? Será que não pode ir lá fechar a merda da torneira?

– E se ela estivesse ali, ouvindo, justo naquela parte?

– Que parte?

– O senhor sabe.

– Não sei de nada.

– Sabe, sim.

– Esta conversa está ficando besta.

– Sobre o senhor. E a minha mãe.

– Fala baixo.

– O senhor tem medo dela.

QUE FOI mesmo que aconteceu?

Era uma vez um agricultor, menos que isso, um biscateiro, vivia no Rincão da Saudade, mais simplesmente Rincão, vítima de uma seita satânica que lhe extraiu os olhos cirurgicamente, mas nada ficou provado.

A vítima é ela mesma responsável pela inconclusividade dos inquéritos. A afasia é anterior à cegueira, e a cachaça não ajudou. Nunca soube relatar positivamente os fatos que antecederam o crime.

Primeira versão, colhida pela polícia no hospital, quando ele ainda trazia tampões de gaze sobre as órbitas vazias. Era o dia do aniversário, andou os cinco quilômetros de pó que o separavam do açougue, comprou carne e tomou o caminho de casa. Um carro azul (ele não soube precisar o modelo) parou para oferecer carona, ele entrou, e deve ter pego no sono, porque daí em diante não lembra mais nada.

No dia seguinte, um guri de nariz ranhento andava pela estrada, caçando passarinho com funda, ou empinando pandorga, qualquer desses brinquedos que hoje só se encontram no oblívio rural, quando ouviu gemidos em uma macega. Não fui eu, infelizmente.

– PIOR, SIM. Muito pior do que eu.

– Mas isso é um absurdo. É mais uma prova de que a tua cabeça funciona mal, que tu pensa... pensa torto.

– Torto, é? O senhor é pior do que eu. Pior, muito pior!

– Tu é um assassino. Um parricida. Sabe o que é um parricida?

– Eu vou estudar Direito.

– Vai é pra cadeia. Assassino. Parricida.

– O que eu fiz...

– Matou o próprio pai.

– O que eu fiz, foi na frente dela. Da minha mãe.

– E daí?

– O senhor traía o meu pai.

– É, o meu irmão. Aquele que tu matou.

– A vó sabe?

– É claro que não.

– Viu só?

– Também não sabe que tu matou o filho dela. E ela é tua vó, uma coisa assim como mãe por tabela.

– Vou lá contar pra ela.

– Como é que é?

– Deve estar acordada. Acorda sempre que a torneira pinga.

– Tu é doente. Doente.

– Agora eu sei tudo. O senhor me contou. Eu nem queria ouvir, mas o senhor contou.

– Pára lá...

– Tudo. Vou contar tudo. O senhor duvida?

– Não.
– Sei de tudo.
– Fica aí.
– Posso tudo. Já matei o pai.
– Fica aí, por favor.

Os OLHOS nunca foram encontrados. Juntá-los ao pacote de carne foi invenção minha para um conto satírico, primor de pós-modernismo que misturava e diluía tragédias na história de uma menina, Antigona (assim mesmo, sem acento, e eu achava isso espirituoso!), que certa manhã descobre o pai atirado a uma vala, com olhos e vísceras arrancados. Antigona está grávida do pai, que abusava dela no chão de estrelas tropicalistas do casebre, mas como é débil mental pensa que a barriga está crescendo por causa das bichas. E mesmo idiota de babar no avental, ela vai brigar com o padre concupiscente e o prefeito antropófago para enterrar o pai no cemitério, solo sagrado e interdito aos suicidas (sic).

Comecei, e já na primeira frase – "quando Antigona acordou certa manhã de sonhos intranqüilos" – minha indigência intelectual me arrebentou a cara com um soco. Ou, o que dá na mesma, soprou meu rosto com o hálito fedorento de um bocejo.

Foi a última vez que tentei escrever, até esta noite.

– VERGONHA?

– Isso mesmo. Vergonha.

– Então o senhor tem vergonha da vó?

– Não, tu está misturando as coisas. E as palavras.

– Como é, então?

– Eu tenho vergonha *diante* da minha mãe.

– Eu não sofro disso.

– E tu acha que por isso eu sou *pior*...

– Claro.

– Pois me ocorre agora que um homem adulto que não tem vergonha diante da mãe, vergonha de certas coisas...

– Que que tem?

– Não. É uma bobagem pomposa.

– Não faz mal. Diz.

– Esse homem, sem vergonha, só pode ser um criminoso. Ou um santo.

ESCREVER, ENGANAR. Negar meus instintos baixos, desculpar a vulgaridade, intelectualizar o sensacionalismo. Deveria ter por Estância Velha e o crime a paixão espontânea do torcedor de futebol, mas não, o vício e a pose, sempre, seqüência lisonjeira de imagens especulares, eu, o único que enxergava no telejornal a tragédia e a paródia, o único capaz de vestir no pobre-diabo cego o figurino de santo ou aberração, Saulo encontrando a luz no pó da estrada, Édipo confirmando a verdade do oráculo.

É só depois que escrevemos ou desistimos de escrever que nos invade toda a puerilidade dos nossos esforços (esse plural majestático, por exemplo...). Desse meu projeto malogrado, salvei duas palavras que aprendi do jornal, em uma explicação técnica da cirurgia de extração do globo ocular. Blefaróstato. Peritomia.

Pretendia que Antigona as repetisse sempre, fora de contexto ou coerência lógica. Blefaróstato. Peritomia. Tempos depois de ter renunciado a esse último projeto literário, reli Augusto dos Anjos e descobri minhas palavras-fetiche em um soneto. A bizarra beleza que só ele sabia dar ao vocabulário científico: grande poeta é aquele que nos salva da falsificação.

Mas os fatos começavam a falsificar mais que minha frustrada fantasia. Fui destituído até da originalidade bastarda do plágio.

– E o Édipo?

– O que tem ele?

– Santo ou criminoso?

– Ainda não tinha aparecido um romano pra inventar o Direito. Nem um judeu pra inventar o cristianismo. Então ele não era nem uma coisa, nem outra.

– Idéia interessante.

– Vai mandar tua candidatura ao Papa?

– Não. Sou criminoso. Eu sei.

– Aleluia! Um momento de lucidez.

– Mas não é bem como o senhor disse. Eu não escondo nada da minha mãe, mas tenho vergonha, também. Um *pouco* de vergonha.

– Vergonha do quê, por exemplo?

– De aparecer nu na frente dela. Por exemplo.

– Não era o que tua mãe dizia.

– O que ela dizia?

– Tu não sabe?

– Sei que ela inventava muita coisa. Me disse que gostava de assustar o senhor.

– Me assustar?

– O senhor não tinha medo dela?

– Sim, tenho.

O CRIME o santificou. Nos primeiros depoimentos, confusos, débeis, era só uma criatura miserável a quem damos uma esmola para que saia logo da nossa frente. Apareceu na tevê – as gazes, as gazes grotescas –, ainda no hospital, com um camisolão azul-claro asséptico contrastando com a aparência suja do rosto mal-barbeado, os cabelos loiros em um desalinho impossível para um corte tão curto. Não mencionou Deus.

Na semana seguinte, a polícia foi tentar obter um depoimento mais claro, menos suscetível ao choque das primeiras horas de dor e escuridão. A tevê foi junto. Encontraram outro homem, todo trêmulo de uma fragilidade incongruente para seus menos de 50 anos, cercado de carinho e canja por duas valquírias pubescentes, incorpóreas nos vestidos costurados em casa. "Não sei o que vai ser de mim", choramingava, para logo em seguida erguer o queixo quadrado em uma assertiva áspera de sotaque alemoado: "Mas Deus sabe. Deus é grande". A imagem foi repetida *ad nauseum* nos telejornais. Começava a transfiguração.

– O SENHOR falhou?

– Como é?

– O senhor... O senhor broxou?

– Ela te contou?

– Desconfiei. Pelo jeito do senhor.

– É tão patético assim?

– Não sei. Foi?

– Foi.

– Quando?

– Algumas vezes, antes do casamento.

– E depois?

– Umas duas ou três. Ela me queria. Me queria muito. Podia ter ficado comigo.

– Não ficou.

– Não.

– O senhor odiava meu pai.

– Não era culpa dele.

– Mas odiava.

– Tu não ia entender.

– Quem sabe?

– O problema é que... Ela gostava dele.

– Será mesmo? Acho que não muito.

– Gostava *com* ele.

– Eu entendo.

Segunda versão. Sim, seu delegado, o senhor está certo, ele não foi mesmo direto do açougue para casa, parou antes a meio caminho, no bar, que era aniversário e a cachaça é o demônio, mas foram só três martelinhos, e, depois, o carro, como é que foi mesmo?, era azul, era um carro azul – pode escrever: azul –, parou ao lado dele, desceram uns homens – não senhor, ele não sabe quem eram, nem se lembra direito da cara de ninguém, mas tinha um negro, quase certeza que tinha um negro –, bateram, empurraram, e depois disso ficou tudo escuro, e agora ele não sabe o que vai ser da vida, mas Deus sabe, que Deus é grande.

– Nada.

– Como nada? Ela deve ter dito qualquer coisa pra ti. Vocês eram tão *amigos.*

– Já expliquei que isso era invenção dela.

– Não me convenceu.

– Azar é o teu.

– Mas isso não vem ao caso. O que ela dizia de mim?

– Não posso dizer.

– Por que não?

– Ia trair a confiança dela.

– Tu me deve isso.

– Não, não devo.

– Eu tenho que saber.

– Não vai saber.

O PÂNDEGO eu, o sádico eu, o agudo, o arguto, do topo escarpado de meu deboche olímpico, não sabia, não via, não notava as sutis mudanças em cada diálogo trivial no trabalho, em cada papo-furado de taxista, de meio em meio tom descendendo de vibratos eletrônicos sampleados do mundo cão para uma reverência mística e grave de coro gregoriano.

O Cego (daqui por diante não falarei mais em "agricultor") começou nos telejornais, depois entrou em programas de entrevista para contar sua história elíptica sempre de um modo diferente, e em seguida passou a ser convidado para programas de debate, não para falar do crime, dos olhos roubados, não mais, agora dava seu palpite sobre a Guerra da Bósnia e opinava sobre o aumento das tarifas públicas e pontificava sobre a fé por ocasião da Páscoa e falava de Deus e do Mundo e do Homem e da harmonia universal que rege esses três termos. Aparecia sempre amparado por uma das filhas, presença silenciosa e discreta como uma bengala branca, e sempre erguia o rosto para o alto, para o nada, como se além de sua cegueira houvesse a luz (talvez se guiasse pelo calor dos refletores do estúdio). Os companheiros de mesa-redonda invariavelmente lhe dedicavam uma compungida atenção, para depois elogiar sua coragem e força de vontade, qualidades para mim intangíveis, tolo eu.

(Me recordo em particular de um programa de fim de noite, a psicanalista aproveitou a companhia do Cego para citar Lacan sobre Freud sobre Hoffmann, o roubo dos olhos como metáfora da castração, e eu, engasgado com uma pizza requentada, tinha ganas de rebentar a tevê como no passado quebrava lâmpadas, de berrar, de me fazer ouvir, "qual metáfora o quê, sua idiota, o cara está aí do teu lado, está aí *de verdade*, tem testículos – e não tem olhos".)

Para mim ainda era o circo de aberrações, o sangue em tinta de impressão. A mudança só me atingiu quando, no boteco onde almoçávamos alguns colegas e eu, a tevê anunciou mais uma entrevista com o Cego. Os talheres pousaram sobre o prato, quem sentava de costas para a tela se torceu desconfortavelmente para ver a apresentadora receber ainda uma vez mais "o homem cuja coragem comoveu o Rio Grande". A câmara buscou o herói e o encontrou perdido na sua escuridão privada, parecia ter sentado havia pouco, devia sentir-se instável, as manoplas desorientadas voavam além do enquadramento da tela, até que a mão direita encontrou pouso e conforto no seio da filha ao lado, foi só um instante e logo ela a retirou, com naturalidade e delicadeza beatíficas reteve a mão paterna entre as suas, e o Cego então encontrou seu lugar no mundo e desatou a falar sobre Deus Nosso Senhor que é bom e nos dá luz quando nos faltam os olhos.

Naquela mesa estavam meus colegas pulhas de todo dia, os mesmos que me arrastavam para os inferninhos da Farrapos quando eu ainda era casado. Encerrada a entrevista, falei da mão-boba. Ninguém tinha notado.

– EU AINDA devo uma coisa para o senhor.

– O quê?

– Ainda não contei a minha história.

– Não vou te defender.

– Não é pra isso. Só quero que o senhor me escute.

– Foi só o que eu fiz a noite toda.

– O senhor falou mais do que eu.

– E quem mentiu mais?

– O senhor vai me ouvir?

– Fala.

– Eu saí pra encontrar uns amigos no bar. Eles não apareceram, aí voltei mais cedo pra casa. Abri a porta devagar, que a mãe podia estar dormindo. Vi luz no quarto. Ouvi alguém gemendo. Fui até lá na ponta dos pés. Era o meu pai. E a tal enfermeira – a puta. Na cama da mãe. Não me viram. Voltei pra sala. Peguei a arma na gaveta da estante. Atirei nos dois.

– Sim?

– É isso.

– Só isso?

– Só.

MAS O QUE ele dizia? Nada que eu fosse capaz de compreender.

Tampouco a polícia o entendia. Na terceira semana de investigação, o misterioso homem do carro azul deu as caras – e não era ele o criminoso. Não se apresentara antes porque estava viajando. Seu depoimento foi de uma clareza retilínea, irretocável. Encontrara o Cego (ainda não era o Cego... enfim, isso aqui não é para ninguém ler mesmo) no dia do crime, no bar. Já o conhecia, costumava contratá-lo para a capina. Soube do aniversário e pagou dois martelinhos. Como estivesse indo para o Rincão, onde tinha um sítio, ofereceu carona. O Cego não aceitou, queria explorar mais um pouco a generosidade etílica dos amigos, mas pediu para ser aliviado da carga – o pacote de carne para o churrasco natalício. O homem do carro azul pegou o pacote e, na passagem pelo casebre do Cego, entregou-o muito honestamente a uma das filhas (que, distraída, esquecera de relatar o detalhe à polícia).

Terceira versão, concedida na delegacia de Estância Velha, com óculos escuros comprados de um camelô de Novo Hamburgo. Comprou carne no açougue, dali foi ao bar, tomou quatro martelinhos, não, foram uns seis ou sete, e bebeu cerveja também, que martelinho não mata a sede. Permaneceu umas duas horas no bar, depois tomou a estrada. Ia pela metade do caminho quando um carro parou a seu lado, mas não era azul – era preto, agora ele lembra bem, era preto, um opala preto. Um sujeito desceu do banco da frente e lhe jogou um líquido na cara, um líquido que ardia, ardia muito e no dia seguinte ele não tinha mais olhos para acordar.

Invocou Deus sete vezes durante o depoimento.

– POR QUE NÃO?

– Porque não. Está tudo muito mal contado. Não faz o mínimo sentido.

– Foi bem assim.

– Se as coisas que tua mãe dizia eram só pra me *assustar*, como tu disse...

– Sim?

– Então teu pai nunca ia ter levado a enfermeira pra cama dela. Não seria tão canalha.

– Roubou a namorada do próprio irmão. Coisa de canalha.

– Tu já sabe que não foi bem assim. E depois...

– As histórias sobre os dois podiam ser verdade.

– Podiam?

– Falavam a respeito na aula. Gozavam da minha cara.

– Tua mãe era uma mulher muito exuberante. Impositiva, extrovertida. Em Estância Velha, é o que basta pra cair na boca do povo.

– Não iam inventar *tanto*.

– Deixa eu pegar isso por outro lado: onde é que estava o revólver?

– Já disse: na sala.

– Onde na sala?

– Na gaveta da cristaleira.

– Ninguém guarda arma na sala, muito menos na cristaleira. As pessoas guardam arma no quarto, de preferência no criado-mudo.

– Meu pai guardava a arma na gaveta da cristaleira.

– Ao alcance de qualquer visita? Ao teu alcance, quando tu era criança?

– Quando eu era criança, não tinha perigo.

– Esse humor não fecha muito bem contigo.

– Tio, por que é que eu ia mentir pro senhor?

– Pra que eu te defenda.

– Já sei que o senhor não vai me defender.

– Não como advogado. Mas eu ouvi a tua história e sei detalhes íntimos da vida dos teus pais. Podia testemunhar. Te inocentar.

– Eu vou me entregar. Vou confessar.

– Te inocentar da premeditação.

– Como assim?

– Não te faz de sonso. Tu é mais inteligente do que eu pensava.

– Obrigado. Se é que isso é um elogio.

– Vou dizer como aconteceu: tu saiu de casa com a arma no bolso. Foi ao tal bar, sentou sozinho, tomou cerveja e coragem e voltou pra casa. Encontrou teu pai e a enfermeira, digamos, conversando na sala. Ameaçou os dois com a arma, forçou eles a tirar a roupa. Levou eles pro quarto. E então matou os dois.

BLEFARÓSTATO. PERITOMIA. A partir daqui a memória falha na catalogação das notícias, outras tantas versões se sucedem, ainda mais contraditórias e confusas e delirantes, e quando o homem do carro azul apareceu com sua gentileza inocente já começavam a circular as primeiras notícias sobre a seita, os sabás nos matos de eucalipto que cobrem os morros de Estância Velha. O prefeito, alguns vereadores, um deputado foram citados como membros da seita, mas o enredo era tão fantástico que a história não chegou a prejudicar o desempenho eleitoral de ninguém.

A entrada do Mal em cena, ao mesmo tempo o Mal vulgarizado dos filmes de Stephen King e o Mal do poder, encarnado em uma meia dúzia de políticos provincianos, só fez aumentar a aura de beatitude e sabedoria do Cego. Os jornalistas perguntavam sobre a seita e o demônio e ele estendia a todos um perdão que não se furtava de cobrar mais energia da polícia. Falava em Deus, reiteradamente, e até seu sotaque grosseiro de colono alemão de terceira ou quarta geração se adocicava nesses momentos. Insensível eu, seguia incapaz de perceber naquela resignação qualquer traço de dignidade, naquela fé cega (o trocadilho me saiu involuntariamente) qualquer indício de ascese, naquele azar de vítima qualquer semelhança com o martírio.

Na época, eu andava comendo uma ex-colega de faculdade (e ex-amiga da minha ex-mulher). Ela estava no meu apartamento uma madrugada em que resolveram reapresentar o malfadado debate com a psicanalista metafórica. A visão da mulher sentada na beira da cama, casualmente nua, olhos vidrados no Cego, concentrada em tudo que ele pregava com voz lamurienta, acerbou meu tédio pós-coito até o asco. No intervalo comercial, voltou-se para mim com uma jovialidade infantil (tinha seios grandes, muito grandes, balançavam por qualquer coisa) e perguntou cheia de esperança: "Tu conheceu ele, lá em Estância Velha?".

Se Deus, em um momento de ira ou lucidez, decidisse soterrar Estância Velha em enxofre e fogo, antes mandaria os anjos salvarem o Cego e suas duas filhas.

– POR QUE eu ia fazer uma coisa assim?

– Porque é doente.

– O senhor disse que eu era inteligente.

– Inteligente, sim, mas não muito sutil. Tem certa dificuldade com os paradoxos.

– Não entendi.

– Quero dizer que rima pobre às vezes é solução. Uma pessoa pode muito bem ser doente e inteligente. Concomitantemente.

– O senhor é pedante.

– Vício de advogado. Me diz só uma coisa: tu é virgem?

– O que isso tem a ver?

– Essa tua fixação na tua mãe não ficou bem explicada. Tu é virgem?

– O senhor vai mesmo nas putas?

– Vou.

– E não broxa?

– Tu não ia entender. Era só com a tua mãe.

– Vai dizer agora que era amor?

– Quem sabe? Tu nunca falhou com ela?

– O senhor é um porco.

– Não grita.

– A vó já está acordada. A torneira, lembra?

– Foi por isso, não foi? Matou ele porque tinha ciúme. Ela entrevada na cama, só pra ele.

– Puto! Porco!

– Tu escutava os dois, de noite? Teu pai fazia o quê? Lambia ela?

– Isso quem fazia era tu, seu broxa!

– Agora eu sei o que ela falava de mim.

NÃO MAIS os programas locais, os cenários acanhados e os mesmos debatedores de sempre. Não, a apoteose foi em rede nacional, um programa de auditório com uma página central da *Playboy* e uma dupla sertaneja como convidados secundários. Apareceu com as duas filhas, uma em cada braço, exageradamente pintadas e com cabelo armado. Mas no Cego tudo era exato e contido, o terno azul-marinho, a gravata, o cabelo cortado rente e emplastado, os óculos escuros. O chapéu de palha e a enxada já não encaixariam naquela figura.

A apresentadora era uma perua de pele esticada, colossais brincos dourados e sotaque paulista. Pediu que ele tirasse os óculos para o Brasil admirar as próteses de vidro recém-implantadas. Chorou quando o Cego se ergueu, reto como um pé de cana, para agradecer os aplausos do auditório, e o paroxismo da comoção foi logo em seguida, quando as palmas silenciaram e ele pôde gritar sua mensagem em horário nobre: "O Diabo me tirou os olhos, mas não me tirou a luz, que a minha luz é Deus".

Deus idiotiza aqueles que Ele fará cair em desgraça.

– O SENHOR não sabe de nada. Não sabe como aconteceu.

– Se eu não sei o que aconteceu, é porque tu não me contou. Logo, a tua história é mentirosa.

– O senhor me confunde.

– Não, rapaz, tu é naturalmente confuso.

– E inteligente. Mais um paradoxo.

– Aprendeu palavrinha nova?

– Não me subestima. Sei bem o que é paradoxo.

– E parricídio?

– Sei até o que é fratricídio.

– Agora eu não entendi.

– Ciúme não é motivo. Se fosse, o senhor já teria matado o pai muito antes.

– Não, não teria. E sabe por quê?

– Acho que o senhor vai me dizer...

– Porque tu tem razão numa coisa: eu sou muito pior do que tu.

A DESGRAÇA foi rápida, nenhum meio-tom me escapou desta vez, pois não houve transição: um belo dia o Cego terá acordado para descobrir sua auréola televisiva caída no pó da estrada que leva ao Rincão.

A investigação da seita estava chegando perto de um ex-governador quando o delegado que conduzia o caso foi transferido para Uruguaiana (nunca estive lá). Concluído às pressas, o inquérito apontava duas possibilidades: 1) um acidente, talvez uma queda em que o rosto da vítima teria se precipitado sobre uma cerca de arame farpado, ou 2) o ataque de algum animal, talvez... um urubu. É um perigo: a Justiça, cega, conduz táxi em Porto Alegre.

(Guardei as duas palavras, são para mim a expressão da verdade desconhecida. Blefaróstato. Peritomia.)

Última versão, em entrevista no casebre do Cego, o sotaque mais áspero e embargado que nunca, irreproduzível. "O carro parou do meu lado, uma vez. Era carro de político, preto, todo preto, até o vidro preto. Um homem desceu, me bateu na cabeça, e foi me empurrando pra dentro do carro. Hoje eu vou dizer, eu não quero mais nem saber! *(faz uma pausa para beber cachaça de um copo com rótulo de geléia, que as filhas se encarregam de manter sempre cheio)* Vocês sabe quem tava dirigindo, uma vez? O prefeito!"

Foi a última vez que o entrevistaram.

– EU QUERIA que o senhor acreditasse.

– Por quê?

– Porque é verdade.

– É, vai ser verdade. Só tu estava lá. Só tu vai contar a história.

– Minha mãe também estava lá.

– Ela não fala.

– Ela sabe.

– Quem garante que ela não ia mentir também? Ela sempre... Tu está chorando?

– Não.

– Me deu a impressão.

– Não estou chorando.

– Acredito.

NÃO SAIU nos jornais, não deu na TV. Só soube disso hoje, colhendo novidades com os motoristas de táxi e o pessoal da funerária. Anos depois, acharam evidências de um ritual satânico no cemitério – não o meu cemitério, mas o cemitério católico, bem mais retirado e propício à adoração do demônio. Quando o zelador chegou, de manhã, encontrou uma imagem da Virgem profanada com porra e merda e um monturo pestilento de animais mortos – vários sapos esmagados, três galos pretos degolados e um bode estripado – que os urubus já bicavam.

No centro de um pentagrama rudimentar traçado com o sangue dos bichos, dentro de um vidro de maionese Hellmann's cheio de formol, um, apenas um olho.

A polícia quis fazer exames técnicos, DNA ou sei lá o quê, para determinar se pertencia ao Cego, mas o Cego não foi mais localizado, nem ele nem as filhas. Recolhi diferentes versões para o seu sumiço, todas começando com "diz que". Diz que virou pastor evangélico e reúne uma multidão de fiéis na periferia de São Paulo. Diz que se juntou, com as filhas, a um grupo de sem-terra no Pará. Diz que morreu de cirrose, ou câncer, e as filhas foram parar num puteiro de Porto Alegre.

Blefaróstato. Peritomia.

– TIO, ACORDA. Está ficando claro.

– Hein?

– Acorda, tio. Está na hora.

– Hora? Hora do quê?

– Amanheceu, guris – a voz, da cozinha.

– Já vimos, mãe. Volte pra cama, que é cedo.

– A torneira ficou pingando. Não dormi a noite toda – a voz.

– Pois então? Fecha e vai dormir mais. Eu chamo a senhora pro café.

– Já vou, já vou – a voz.

– Guri, sai dessa janela. Quer que alguém te veja aqui?

– Desculpa. Estava só apanhando um ar.

– Ar? Em Estância Velha?

– Pois é. O fedor aqui é pior que lá em casa.

– Os curtumes estão mais perto.

– Pfuuu. Como é que o senhor consegue dormir?

– Como é que tu vai dormir daqui por diante?

– Vou me acostumar com o cheiro.

ESTÁ FICANDO claro, nada mais a contar. Falta só a volta ao cemitério, o cemitério protestante – e quando chegar a minha vez não direi do livro, do réveillon em que fui para cama com duas mulheres ao mesmo tempo, do divórcio, do meu salário, não direi nada, vou apenas sacar o vidro do bolso do casaco (quero uma noite fria, sei bem que é verão, mas quero uma noite fria), desenroscar a tampa, liberar o fedor de formol sobre o fedor da cidade, e pescá-lo como uma azeitona, um ovo em conserva. Basta para fazê-los calar, parvos e pasmos.

Mas eles vão querer o troféu, e se é meu não posso entregá-lo, e vão me bater e chutar enquanto o aperto contra o peito como o santo protege a hóstia consagrada, e vão arrancar meus olhos com as unhas sujas de menino.

Não, o final trágico é incongruente, pose e plágio pobre. Se já está morta, se já a deixei no outro cemitério, se já perdi a chance de trepar com ela.

Melhor não voltar lá. Melhor não voltar aqui. Está ficando claro. Hora de dormir.

A frase "Para morrer, basta estar com câncer" é da peça *Mães & Sogras*, de Leandro Sarmatz (Porto Alegre: Instituto Estadual do Livro, 2000).

O resto é plágio.

Impresso no Brasil pelo
Sistema Cameron da Divisão Gráfica da
DISTRIBUIDORA RECORD DE SERVIÇOS DE IMPRENSA S.A.
Rua Argentina 171 – Rio de Janeiro, RJ – 20921-380 – Tel.: 2585-2000